AF357362

7 Décembre 1911

VENTE

du Jeudi 7 Décembre 1911

HOTEL DROUOT - SALLE N° 10

A TROIS HEURES

TABLEAUX

« VENISE »

PAR

Albert DUPRAT

COMMISSAIRE-PRISEUR

Mᵉ Robert BIGNON

EXPERT

M. F. MARBOUTIN

C. Chaufour, Imprim.
6-8, Rue Milton, Paris

CATALOGUE

DES

TABLEAUX

PAR

Albert DUPRAT

DONT LA VENTE AURA LIEU

HOTEL DROUOT, SALLE N° 10

Le Jeudi 7 Décembre 1911

A TROIS HEURES

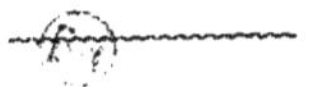

Me Robert BIGNON	M. F. MARBOUTIN
COMMISSAIRE-PRISEUR	PEINTRE-EXPERT
41, Rue de la Victoire, 41	2, Rue de Marseille, 2

EXPOSITION PUBLIQUE:

Le Mercredi 6 Décembre 1911, de deux heures à six heures

CONDITIONS DE VENTE

La Vente aura lieu au comptant.

Les acquéreurs paieront *dix pour cent* en sus des enchères.

L'exposition mettant le public à même de se rendre compte de l'état et de la nature des tableaux, il ne sera admis aucune réclamation une fois l'adjudication prononcée.

DÉSIGNATION

1 — Palais sur le Grand Canal, Venise.

Haut.: 0^m55 ; Larg. : 0^m73.

2 — La Douane et Barques de pêche.

Haut. : 0^m49; Larg. : 0^m60.

3 — Canal San Stin.

Haut. : 0^m60; Larg. : 0^m81.

4 — Soleil couchant sur la lagune.

Haut. : 0^m20   Larg. : 0^m33.

5 — Barques de pêcheurs. Effet du soir.

Haut. : 0^m20; Larg. : 0^m08.

6 — Palais Ca d'Oro.

Haut. : 0^m55 ; Larg. : 0^m46.

7 — Les Jardins à Venise. Soir.

Haut. : 0^m54; Larg. : 0^m73.

8 — Le Palais ducal et la Salute.

Haut. : 0^m39; Larg. : 0^m61

9 — Canal Santa Sofia.

Haut. : 0^m27; Larg. : 0^m41.

10 — Pêcheurs sur le Grand Canal.

Haut. : 0^m43; Larg; 0^m55.

11 — Les Jardins et bateaux de pêche.

Haut. : 0ᵐ16; Larg. : 0ᵐ24.

12 — Lever de lune sur le Grand Canal.

Haut. : 0ᵐ33; Larg : 0ᵐ41.

13 — Quai de la Giudecca.

Haut. : 0ᵐ33; Larg. : 0ᵐ45

14 — Entrée du Grand Canal. Venise.

Haut. : 0ᵐ38; Larg. : 0ᵐ55.

15 — La Piazetta Saint-Marc.

Haut. : 0ᵐ5); Larg : 0ᵐ73.

16 — Village de pêcheurs. Environs de Venise.

Haut. : 0ᵐ49; Larg : 0ᵐ65.

17 — Ile de Torcello.

Haut. : 0ᵐ46; Larg. : 0ᵐ61.

18 — Barques de pêche sur la lagune.

Haut. : 0ᵐ61; Larg. : 0ᵐ45

19 — Palais à Venise.

Haut. : 0ᵐ17; Larg. : 0ᵐ27.

20 — La vieille maison. Murano.

Haut. : 0ᵐ19; Larg : 0ᵐ33.

21 — Chioggia.

Haut. : 0ᵐ50; Larg. : 0ᵐ61.

22 — Lever de soleil. Venise.

Haut. : 0ᵐ46; Larg. : 0ᵐ61.

23 — L'Hôpital à Venise. Effet du soir.

Haut. : 0ᵐ73; Larg. : 0ᵐ92.

24 — Voilier devant le Palais ducal. Soleil couchant.

Haut. : 0ᵐ19; Larg. : 0ᵐ27.

N° 15

25 — Eglise et Canal des SS. Apostoli.

Haut. : 0^m33; Larg.: 0^m55.

26 — Rio del Festrin.

Haut. : 0^m46; Larg. : 0^m33.

27 — Sur l'Adriatique.

Haut. : 0^m26; Larg.: 0^m60.

28 — Un capitello dans la lagune. Soir.

Haut. : 0^m24; Larg. : 0^m14.

29 — La Salute. Soleil couchant.

Haut. : 0^m50; Larg. : 0^m73.

30 — Torcello. Environs de Venise.

Haut. : 0^m10; Larg. : 0^m15.

31 — Canal Santa Sofia.

Haut. : 0^m61; Larg. : 0^m46.

32 — Panorama de Venise près de la Lagune.

Haut. : 0^m81; Larg. : 1^m16.

33 — Les Jardins à Venise.

Haut. : 0^m54; Larg. : 0^m81.

34 — Sur le Grand Canal. Venise.

Haut. : 0^m49; Larg. : 0^m65.

35 — Rio san Trovaso, matin.

Haut. : 0^m18; Larg. : 0^m12.

36 — Barques de pêche.

Haut. : 0^m19; Larg. : 0^m33.

37 — San Giorgio. Soleil couchant.

Haut. : 0^m16; Larg. : 0^m7.

38 — Le Palais des Doges et la Salute.

Haut.: 0^m46; Larg. : 0^m61.

39 — Soleil couchant sur le Grand Canal.

Haut. : 0ᵐ49; Larg. : 0ᵐ65.

40 — Quai et Église de la Giudecca.

Haut. : 0ᵐ50 ; Larg.: 0ᵐ73.

41 — Environs de Venise.

Haut. : 0ᵐ54; Larg.: 0ᵐ73.

42 — Barques de pêche devant le Palais ducal.

Haut. : 0ᵐ54; Larg. : 0ᵐ81.

43 — Venise, vue prise des Jardins.

Haut. : 0ᵐ46; Larg. : 0ᵐ61.

44 — Rio San Canciano.

Haut. : 0ᵐ41; Larg.: 0ᵐ27.

45 — Le Soir sur le Grand Canal.

Haut.: 0ᵐ19; Larg. : 0ᵐ27.

46 — Murano.

Haut. : 0ᵐ60; Larg. 0ᵐ81.

47 — Le Grand Canal et les Jardins.

Haut.: 0ᵐ60; Larg.: 0ᵐ73.

48 — Le Carénage. Venise.

Haut. : 0ᵐ54; Larg. : 0ᵐ73.

49 — San Giorgio et la Salute. Soir.

Haut. : 0ᵐ50; Larg. : 0ᵐ61.

50 — La Piazetta Saint-Marc. Derniers rayons.

Haut. : 0ᵐ46 ; Larg. : 0ᵐ61.

51 — Canal à Venise.

Haut. : 0ᵐ65; Larg. : 0ᵐ46.

52 — La Salute. Effet de couchant. Étude.

Haut. : 0ᵐ16; Larg. : 0ᵐ27.

N° 47

53 — Lever de lune sur le Grand Canal.

Haut. : 0ᵐ32; Larg. : 0ᵐ41.

54 — Les Jardins à Venise. Soir.

Haut. : 0ᵐ12; Larg. : 0ᵐ22.

55 — Canal San Pietro.

Haut. : 0ᵐ54; Larg. : 0ᵐ73.

56 — Entrée du Grand Canal.

Haut. : 0ᵐ50; Larg. : 0ᵐ73.

57 — Venise. Effet du Soir.

Haut. : 0ᵐ24; Larg. : 0ᵐ41.

58 — Sur la lagune. Matin.

Haut. : 0ᵐ60; Larg. : 0ᵐ81.

59 — Canal Santa Sofia.

Haut. : 0ᵐ61; Larg. : 0ᵐ46.

60 — Canal des SS. Apostoli.

Haut. : 0ᵐ73; Larg. : 0ᵐ50.

61 — Soleil couchant sur la lagune.

Haut. : 0ᵐ22; Larg. : 0ᵐ35.

62 — Canal du Ponte-Lungo.

Haut. : 0ᵐ49; Larg. : 0ᵐ65.

63 — Rio Ca di Dio. Étude.

Haut. : 0ᵐ13; Larg. : 0ᵐ12.

64 — La Vieille porte. Environs de Venise. Étude.

Haut. : 0ᵐ16 : Larg. : 0ᵐ27.

65 — Sur le Grand Canal. Effet du soir.

Haut. : 0ᵐ19; Larg. : 0ᵐ27.

66 — Lagune de Venise.

Haut. 0ᵐ46 ; Larg. : 0ᵐ61.

67 — Un Capitello et Barques de pêche.

Haut. : 0^m50 ; Larg. : 0^m73.

68 — Embarcadère à Venise.

Haut. : 0^m46 ; Larg. : 0^m65.

69 — Rio San-Stin. Soleil couchant.

Haut. : 0^m16 ; Larg. : 0^m12.

70 — Barques de pêche sur la lagune.

Haut. : 0^m19 ; Larg. : 0^m33.

71 — Le Palais Ducal et la Salute. Effet de couchant.

Haut. : 0^m50 ; Larg. : 0^m61.

72 — Un Coin à Venise. Étude.

Haut. : 0^m11 ; Larg. : 0^m22.

www.ingramcontent.com/pod-product-compliance
Lightning Source LLC
LaVergne TN
LVHW050231180726
843501LV00013BA/3744